HARRAP'S

CW01665094

ENQUÊTE À LONDRES

Paul Thiès

Direction de la publication
Carine Girac-Marinier
Direction éditoriale
Claude Nimmo
Direction éditoriale adjointe
Julie Pelpel-Moulian
Édition
Marie Gabiache
Direction artistique
Uli Meindl
Mise en pages
Marie-Noëlle Tilliette
Informatique éditoriale
Dalila Abdelkader, Philippe Cazabet
Lecture-correction
La Machine à Mots
Illustrations
Pascal Phan
Fabrication
Rebecca Dubois

Crédits Fotolia : © Riko Best

21 rue du Montparnasse
75283 Paris Cedex 06

ISBN : 978-2-81-870524-7

Let's start reading English!

Grâce à ce roman qui mélange français et anglais, s'initier à la langue de Shakespeare est un jeu d'enfant !

Un lexique à la fin, regroupant les expressions et les mots les plus courants de la langue anglaise, vous permettra de mémoriser le vocabulaire essentiel et de mieux comprendre les enquêtes de nos jeunes héros.

L'Éditeur

Sur l'Auteur

Né en 1958, Paul Thiès a grandi aux quatre coins du monde, avant de s'installer à Paris. Aujourd'hui, il se consacre à l'écriture de romans pour la jeunesse.

À NOUS DEUX, LONDRES

Je me présente : Jordan Lefèvre. J'ai les cheveux bruns, les yeux noisette, l'allure cool et la langue bien pendue.

Bref, je suis plutôt parfait. Pour vous le dire en anglais (j'ai mes raisons d'utiliser cette langue, vous verrez) :

I'm the best! I'm the champion! I'm number one! I'm perfect...

Et en plus, je suis modeste !

Eh oui, je suis le meilleur. Enfin, presque. Car j'ai un gros défaut. Et ce défaut c'est, ou plutôt ce sont… mes parents. **My dear dad, my sweet mum**…

Car eux, mes chers et doux parents, me trouvent REMPLI de défauts. La preuve, d'après eux, c'est que je suis moyen en maths, plus que moyen en français, moins que moyen en histoire-géo et sérieusement nul en… en…

Eh oui, en anglais. Du coup, ils m'expédient en stage à Londres avec Diane.

Je vous explique. Diane a mon âge, les cheveux blonds et les yeux verts. Pas mal, pas mal du tout... Mais elle aussi, elle a deux défauts.

D'abord, c'est la fille du patron de mon père, Monsieur Castel. M. Castel dirige des tas de journaux dans tous les coins, il est plutôt riche. Papa est son kiné, son kinésithérapeute particulier pour être précis, et ils discutent souvent ensemble. C'est comme ça que j'ai fait la connaissance de Diane. Je l'aime bien, elle m'aime bien, mais les jours où j'ai envie de l'étrangler, je ne peux pas, puisque papa perdrait son boulot ***(his job)*** si je la massacrais. ***That would be a problem!***

Et puis, elle est pratiquement bilingue. Vous devinez la suite : ma ***sweet mother***, qui n'est pas douce du tout quand il s'agit de mes notes, clame à longueur de journée :

– Elle est très bien cette petite ! Tu devrais suivre son exemple.

Ben tiens… Et mon **dear father** ajoute :

– Tu es vraiment pénible, Jordan... Quand je pense que Monsieur Castel est si content de Diane. Mais je te préviens : je ne te paierai JAMAIS un nouvel ordinateur si tu continues à nous rapporter des notes pareilles.

Bref, si je le veux, le nouvel ordi, et je ne vous parle pas d'une nouvelle coque pour mon portable, d'un survêtement grande classe et du CD *Le Roi des Zombis contre le Mutant Martien* dont je rêve depuis des siècles, il faut absolument que je fasse des progrès. Or il se trouve que cet été, Diane passera quelques semaines à Londres chez un ami de son père, un certain Mister Liverpool qui dirige des journaux, lui aussi. Il a une fille de notre âge et elles (Diane et la fille) feront un stage de journalisme. Bref, papa et Monsieur Castel, qui s'entendent plutôt bien (surtout pour torturer les jeunes, à mon avis) décident que :

– **One:** je pars à Londres avec Diane...

– **Two:** je participe au stage, moi aussi...

– **Three:** à la fin dudit stage je suis capable d'écrire des kilomètres en anglais, de réciter les œuvres complètes d'Harry Potter *(seven books!)*, de rejouer tous les films *(eight movies!)*…

– *Four:* je deviens un spécialiste du *five o'clock tea*, le fameux thé de cinq heures de l'après-midi…

– *Five:* saviez-vous que le Club des Cinq, c'est *The Famous Five* en anglais ? Rien à voir, mais ça prouve que je ne suis pas si nul que ça !

– *Six:* youpi, c'est pareil qu'en français…

– *Seven:* ça va, vous suivez ? Sinon j'appelle les types du Clan des Sept *(The Secret Seven)* pour vous aider. Ça n'a toujours rien à voir, mais ça me permet de placer un chiffre de plus. *One more number!*

– *Eight, Nine, Ten:* pas question de rapporter le moindre zéro (c'est pareil aussi) de conduite, sinon papa et maman m'abandonnent dans la forêt pour que le *Big Bad Wolf* me dévore (devinez qui c'est !) juste après avoir croqué les *three* petits cochons.

Bref, je n'ai pas le choix.

Remarquez… Diane plus l'autre fille, qui s'appelle Maud, ça fera DEUX filles *(two girls!)*. Le séjour risque d'être intéressant, alors comptons ça dans l'autre sens :

– *Ten... Nine... Eight... Seven... Six... Five... Four... Three... Two... One... Zero! Let's go to London!*

L'ARRIVÉE CHEZ LES BRITISH

Les Liverpool habitent un quartier ultra-chic nommé Belgravia, à l'ouest de Londres. Ils possèdent une villa (c'est beaucoup plus courant en Angleterre qu'en France) plutôt gigantesque, un vrai palais de briques et de marbre, avec des colonnes autour de la porte principale et de drôles de fenêtres compliquées un peu partout sur la façade. Ça s'appelle des **bow windows**. Cette maison donne sur une place privée entourée de grilles où les passants n'ont pas le droit d'entrer. Les clefs sont réservées aux riverains. Cet endroit s'appelle **Cloud Square**, la place du Nuage. Joli.

Les Liverpool sont du genre silencieux. Lui est maigre, roux, assez impressionnant, elle mince, blonde, distinguée. La fille, Maud, les cheveux blond-roux, les yeux bleus, l'air plutôt pimbêche, si vous voulez mon avis, a juste notre âge.

Ils sont trois, j'arrive donc à placer les trois phrases apprises par cœur pour l'occasion :

– *How do you do?*, la plus classique, *for Mr Liverpool.*

– *Nice to meet you*, sérieux aussi, *for Mrs Liverpool.*

– *Hello!*

This one is for Maud. Je ne vais quand même pas me fatiguer pour une ado avec un nez criblé de taches de rousseur, non ?

Les deux filles, en revanche, tombent dans les bras l'une de l'autre (mais elles ne s'embrassent pas, ça ne se fait pas trop en Angleterre).

– *How nice to see you again, Maud.*

– *You too, Diane. I love your hair! But...*

Maud me jette un coup d'œil méfiant et demande :

– *What is wrong with your friend? Is he alright?*

– *Oh, he's OK, just a bit crazy, like all the boys. Don't worry!* répond Diane.

– *Well, he's cute...*, rigole Maud.

Elle s'éloigne un instant et je chuchote :

– Elle a dit quoi ?

– Chut… Elle a demandé si tu étais un type bien.

– Et alors ?

– J'ai répondu que tu étais OK mais un peu fou, comme tous les garçons…

– Dis donc !

– C'est pas grave ! Tu as entendu : il paraît que tu es « *cute* » !

– Ah ? Et c'est grave ça ?

– *No, no, don't worry*, s'exclame Maud qui s'est rapproché. Ne te fais pas de soucis, « *cute* » c'est… *well*… c'est mignon, voilà.

– Mais… tu parles le français ?

– *Well*… assez bien, oui…

Et moi qui parle l'anglais comme une vache espagnole. Me voilà coincé entre deux filles qui me traitent de « *cute* » sans me demander mon avis. Et si elles se moquaient de moi ? Je vérifie vite fait sur l'appli traduction de mon portable. « *Cute* » égale « Mignon » ou, dans certains cas : « Malin ».

Ouais ! C'est tout à fait moi ! Finalement, elle est très bien, cette Maud.

Du coup, j'envoie mon premier SMS à mes parents pour qu'ils ne s'inquiètent pas :

Je préférerais dire « I love you » à Maud ou à Diane plutôt qu'à mes parents mais bon, il faut être patient dans la vie. Il paraît que les Anglais disent sans arrêt : « Just wait and see ». Alors, soyons patients.

Soon, maybe…

KO POUR BOB ROBERTS

Les deux premiers jours se passent à galoper dans Londres. Maud nous montre ce qu'on voit d'habitude à la télé : la roue énorme qu'ils appellent le **London Eye**, l'Œil de Londres, le palais de Westminster, y compris l'horloge géante surnommée **Big Ben**, les bus rouges et les gros taxis noirs (mais je constate que désormais il y en a de toutes les couleurs) et enfin la Tamise, brune et large, très impressionnante. J'envoie un nouvel SMS aux parents :

Ça leur fera plaisir de savoir que j'améliore mon anglais et que je m'entends bien avec les filles. Ils ont toujours peur que je fasse le clown et que je me conduise comme un guignol. Je me demande bien pourquoi ?

Mais le troisième jour, au boulot ! Il s'agit de rédiger notre premier article. Monsieur Liverpool nous donne une liste de trois personnes **(one, two, three)** à interroger, pour une de ses revues. Il s'agit de trois hommes assez âgés, dans le genre « Souvenirs et nostalgie ».

Le premier est un acteur français de passage à Londres, la vedette du vieux film d'horreur *Les Pantalons du Pharaon* avec la Momie qui Mordait, vous le connaissez sûrement. Le deuxième, Billy Bravo, un ancien champion de foot, est un peu gâteux. Il a tout le temps le hoquet, il a dû avaler son dernier ballon. En plus, il confond **actually** et actuellement, et même **eventually** et éventuellement. Remarquez, je fais tout le temps la même erreur mais moi j'ai des excuses : je suis français.

Le troisième est un ancien chanteur nommé Bob Roberts. Il n'a plus de succès depuis des années. Il est donc devenu vendeur de disques (les siens et ceux des autres) pour gagner sa vie. Pas des CD mais de vieux vénérables vinyles qui, paraît-il, remplissent des dizaines de rayonnages sur les murs de sa boutique.

L'endroit s'appelle **Yesterday and Tomorrow.** Maud m'explique de son petit air méprisant que cela signifie « Hier et Demain » (je le savais !) et que c'est une allusion à une vieille chanson des Beatles (Je le savais AUSSI !). Mon père les adore et les écoute à longueur de journée.

Je franchis en premier la porte du magasin. Une clochette sonne au-dessus de ma tête. Je lance gaiement :

– **Hello! Are you there, Mr Roberts?**

Je me fige sur place. Un homme est étendu sur le sol, face contre terre. Il porte un pantalon brun, une veste de velours côtelé. On ne distingue pas son visage, mais du sang tache le sol, autour de sa tête.

LET IT
OPEN

– *My God! Is he dead?* s'écrie Maud juste derrière moi.

– Il… il est mort ? répète Diane en français.

– J'en sais rien, moi…

Je ne bouge pas. J'ai du mal à parler, du mal à avaler ma salive. Mon cœur bat à cent à l'heure. Diane me bouscule :

– Laisse-moi faire, j'ai suivi des cours de secourisme l'été dernier.

Elle se penche sur le mort qui, apparemment, ne l'est pas tout à fait, vu qu'elle se retourne et lance à Maud :

– *It's OK! He's alive!*

– *Are you… are you sure?* bredouille l'Anglaise.

– *Of course!* Bien sûr que je suis sûre, grogne Diane dans un drôle de franglais. *Call the police! Now! Quickly!*

– *But… but…* gémit Maud.

– Pas de mais ! La police ! Maintenant ! Vite ! insiste Diane.

Elle lève les yeux vers moi et grommelle :

– Et toi, ne reste pas planté là comme une bûche. Fais quelque chose ! Tu attends la fin du monde ou quoi ?

Et voilà ! Je savais bien que ce serait ma faute !

UNE FILLE DE PLUS

Je regarde autour de moi, comme si Sherlock Holmes, le docteur Watson, Zorro et les pompiers se cachaient tous sous le tapis. Je détaille un comptoir fatigué couvert de prospectus, une bonbonne d'eau sur une petite table et, tapissant les quatre murs, des milliers de disques vinyles qui datent probablement de la première communion de Vercingétorix. Mon père adorerait cet endroit !

– *The police!* rugit Diane. *Use your phone!*

– *I... I'm afraid...* gémit Maud d'une toute petite voix. Elle fait deux ou trois pas et s'appuie au comptoir. La voilà blanche comme un cachet d'aspirine.

– Toi ! m'ordonne Diane. Utilise ton téléphone.

Je m'apprête à obéir, machinalement, même si je ne sais pas comment on parle à la police dans ce pays. Mais au moment où je soulève mon appareil, une voix crispée hurle derrière moi :

– ***You! Murderers! Monsters! You killed my father!***

Je sursaute si fort que mon téléphone tombe par terre. La fille qui vient d'entrer a environ notre âge. Elle se trouvait probablement dans l'arrière-boutique. Elle a de longs cheveux bruns et le nez retroussé. Elle porte un pantalon et une veste de jeans et elle me regarde comme si j'étais le grand frère de Dracula.

– ***Calm down***, intervient Diane. ***We are not murderers, we just happened to be in the area. We are journalists. We just wanted to talk with your father. And he's alive. He will be OK, I promise.***

Elle se tourne vers moi et traduit rapidement :

– Je lui explique qu'on passait juste dans le quartier, qu'on voulait parler à son père et qu'il est vivant.

Je hausse nerveusement les épaules et j'affirme :

– Bah ! Il va s'en sortir.

– Ah oui ? rugit Diane. Tu es médecin,

maintenant ? Tu te prends pour qui, exactement ? Pour le docteur Watson ou pour Sherlock Holmes en personne ?

Hé ! C'est moi qui pensais à Sherlock Holmes il y a cinq minutes ! Diane lit dans mon cerveau comme dans un livre ouvert. C'est peut-être une Martienne déguisée ? C'est pour ça qu'elle a toujours de si bonnes notes.

Ou alors... nous sommes deux âmes sœurs, nous sommes faits l'un pour l'autre ! Elle est Juliette et moi Roméo, elle est la Lune et moi son Soleil, elle est ma reine et moi son chevalier, elle est Zorro et moi Tornado...

Non, là je délire ! Si cette histoire continue, je vais me retrouver en camisole de force chez les cinglés. Diane a raison, il faut appeler la police.

Je tente de retrouver mon calme. Je dévisage les trois filles, l'une après l'autre : Diane toujours agenouillée près du blessé, Maud à moitié évanouie, apparemment incapable de se rendre utile, et l'inconnue, à genoux aussi, maintenant. Elle serre la main du mort qui n'est pas mort en claquant des dents.

Bon ! Si j'étais macho (ce que je ne suis pas, mais alors pas du tout ! Je suis simplement le plus beau gosse que je connaisse, le plus *cute* de tous les *cuties* de Londres) je penserais :

« Jordan, mon petit gars, c'est le moment ! Tu as trois filles dans le pétrin, tu n'as qu'à monter sur ton grand cheval noir (Tornado), brandir ton épée et foncer au grand galop vers l'aventure pour les impressionner ! »

Quand j'étais petit, j'adorais Zorro ! Mais je peux vous le faire en moderne et même en anglais, pas de problème. Il suffit de remplacer le cheval par une soucoupe volante et l'épée par un pistolet laser :

– ***Jordan, it's time. The girls are in trouble! You have to climb into your flying saucer and use your laser gun...***

J'en suis là quand je décide de fouiller l'arrière-boutique. Je pousse la porte, avance d'un pas et… je reçois un terrible coup sur la tête. Je vois trente-six chandelles et je m'effondre sur le sol, comme si j'avais reçu l'Étoile de la Mort sur le coin du crâne.

I IMPROVE MY ENGLISH BUT I AM IN TROUBLE

Eh oui… Mon anglais s'améliore, mais maintenant c'est moi qui suis dans un drôle de pétrin. Les assassins m'ont capturé ! Ils devaient attendre à l'arrière. Ils ont dû passer par une cour en m'emportant comme un vieux débris. Les filles ne se sont rendu compte de rien.

Je reprends connaissance ligoté et bâillonné dans un hangar lugubre. On m'a jeté sur un tas de sacs vides, comme ceux qui enveloppent les pommes de terre. Des objets hétéroclites traînent un peu partout : vieilles planches, un fauteuil éventré, un buste de Jules César posé sur un tonneau, des carcasses de vélomoteurs, une caisse remplie de drôles de tubes rouges, des piles de pneus usagés et même un baby-foot à la peinture écaillée.

Mais je n'y fais pas attention. Je ne m'occupe que des deux types en face de moi, assis sur un divan défoncé. L'un des deux porte un masque de

Voldemort, l'autre la face de Scream posée sur le visage.

– ***He's awake***, souffle Scream à Voldemort en me voyant bouger.

Oui, je suis réveillé, mais j'aurais mieux fait de ne pas ouvrir les yeux.

– ***What's your name?*** me demande Scream d'une voix étouffée par son masque.

– Heu… ***My name is Jordan. I'm French.***

Jusque-là, ça va. Mais s'il me demande de déclamer *Roméo et Juliette* en version originale, j'aurai des ennuis.

Je regarde de nouveau autour de moi avec angoisse. Pas trace de Diane ou de Maud, ni de l'inconnue du magasin.

Un long frisson parcourt mon échine. Je risque d'une voix timide :

– ***Where are my friends?***

– ***Be quiet! I'm asking the questions here***, réplique Scream d'un ton glacial, tandis que Voldemort grogne une menace indistincte.

OK, OK, ce sont eux qui posent les questions. Il vaut mieux me tenir tranquille. Mais…

OÙ est Diane ?

Vous comprenez, Diane et moi…

Eh bien…

Diane est une bonne copine et je voudrais bien qu'elle devienne MA copine. La seule et l'unique, ma princesse du printemps, ma reine des neiges, mon rêve d'automne, ma Dame de Cœur…

Bien sûr je regarde les autres filles. Bien sûr je trouve que Maud la pimbêche n'est pas mal… Bien sûr je suis quand même un poil macho (ne le répétez à personne !), mais ça ne compte pas. La seule qui compte, c'est Diane.

Le problème, c'est son père et le mien, sa maison, près de Paris, avec ses trois cents pièces, parquets, moulures et cheminées, les sept cuisines, une pour chaque jour de la semaine, le grand jardin, le double tennis et la triple piscine, bref c'est l'argent de son père et le travail du mien, à son service…

Cent questions me traversent l'esprit. Où suis-je ? Qui sont ces deux clowns et que veulent-ils ?

Bon… Je serre les dents et demande d'une voix aussi ferme que possible :

– *Where... where is Diane?*

Je me reprends et recommence au pluriel :

– *Where are Diane and Maud? Are they OK?*

Je tremble sans pouvoir me contrôler. Est-ce que les filles vont bien ?

THE GREAT ESCAPE
PART ONE

La Grande Évasion, c'est un vieux film de guerre que mon père adore. Ça se passe dans un camp de prisonniers en Allemagne. Il y a des acteurs de l'époque et pas mal de morts à la fin.

Je pense à ce film parce que là, je ne pense qu'à une chose : ***to escape, to escape, to escape!*** Filer d'ici !

Mais en attendant, je suis toujours aussi inquiet pour Diane. Je répète donc ma question :

– ***Please, where are the girls?***

– ***Be quiet!*** gronde Scream.

– ***We are the ones asking the questions***, ajoute Voldemort.

Bon bon, j'ai compris. Ce sont eux qui posent les questions. Et ils n'ont pas l'air de rigoler. Qu'est-ce qu'ils veulent ? Je leur demande :

– ***What do you want?***

– ***The record! We want the record***, répondent Scream et Voldemort en chœur.

Cela me déconcerte tellement que je réponds en français :

– Quel record ? Je ne suis pas un grand sportif, vous savez.

Ils comprennent un peu et ma réponse les énerve. Scream me lance :

– ***Idiot! Don't play games with us! I can hurt you, you know.***

Il sort de sa poche un couteau à cran d'arrêt. La lame mesure au moins trois kilomètres de long ! Scream répète d'une voix lugubre :

– ***I can hurt you if I want. I can hurt you badly.***

Et comment qu'il peut me blesser avec un engin pareil. J'avale ma salive dix fois de suite, et plus ***(ten, eleven, twelve...)*** je me souviens nerveusement que « ***scream*** » signifie « hurler »...

– ***The record!*** enchaîne Voldemort. ***We are looking for the record. You know, the special one.***

Un record spécial ? Mais soudain, je me souviens. ***Record***, c'est un « faux ami », exactement comme

« **actually** » et « **eventually** ». Cela ne veut pas uniquement dire record mais aussi « disque ». Oui, c'est un disque, un disque vinyle, l'un des milliers qui s'entassaient dans le magasin de Bob Roberts.

Mon cerveau fonctionne à toute allure. Apparemment l'un des disques alignés sur les murs de **Yesterday and Tomorrow** est spécial. Monsieur Liverpool nous a expliqué que Bob Roberts avait eu beaucoup de succès et des tas d'amis connus avant de sombrer dans l'oubli…

Mais même si c'est vrai, que répondre à ces truands ?

Il faudrait leur mentir. Normalement, c'est une de mes spécialités. Demandez à mes parents. Je leur dis n'importe quoi à propos de n'importe quoi d'autre et en général, ça marche. Mais là…

Soudain, un fracas épouvantable ébranle le hangar. Scream, Voldemort et moi sursautons comme un seul homme : une espèce de char d'assaut vient D'ENFONCER un des murs.

Amazing! I can't believe my eyes!

Excusez-moi, je parle anglais sans même m'en rendre compte. C'est stupéfiant, je n'en crois pas mes yeux : trois filles sautent du char et se dirigent vers nous à travers un nuage de plâtre, de poussière et de gravats. Diane, Maud et la fille du magasin. Maud tient un énorme fusil à la main. Elle met en joue mes ravisseurs et hurle :

– *Hands up, thugs! Don't move or I'll shoot.*

THE GREAT ESCAPE
PART TWO

Scream et Voldemort se figent sur place. Diane en profite pour me rejoindre. Elle sort de sa poche un canif suisse (que je lui ai offert pour son dernier anniversaire !) et entreprend de trancher mes liens. Je bredouille d'une voix mal assurée :

– Qui… quoi… comment ?

Elle rigole et répond en anglais :

– *Who? What? Where? When? Why?*

– Quoi ?

– Ce sont les cinq « W », ballot, rigole-t-elle en achevant de me libérer.

– Les cinq quoi ?

– Les cinq « W », répète-t-elle. Qui ? Quoi ? Où ? Quand ? Pourquoi ? C'est la devise de tous les journalistes anglais et américains depuis qu'on a inventé les journaux. Papa me le répète sans arrêt.

Elle me saisit par le bras et m'entraîne vers le char d'assaut qui, en fait, n'est qu'une sorte de minibus équipé de plaques d'acier qui l'ont transformé en bélier. Où diable les filles ont-elles déniché un engin pareil ?

Diane lâche mon bras et court en avant en criant :

– *Quickly! Quickly! Back to the car!*

– *What about these guys?* demande Maud en désignant Scream et Voldemort. *Should we kill them?*

Quoi ? Comment ? Elle veut tuer les deux types ? Elle est folle !

Je me tourne vers Diane, mais avant que je puisse lui parler, je trébuche sur un gros tuyau de cuivre, un des innombrables débris qui encombrent le hangar. Je m'affale sur le sol ! Diane veut m'aider mais Scream et Voldemort, qui ont repris leurs esprits, s'interposent entre elle et moi.

Impossible de les contourner ! Diane n'a pas le choix. Elle rejoint les autres filles et elles s'engouffrent dans leur véhicule.

Je me retrouve isolé ! Maintenant que je ne suis plus ligoté, je dois me débrouiller seul. L'expression anglaise me traverse l'esprit : ***I'm on my own now.***

Je fais volte-face et observe fiévreusement les alentours. Comment filer ? Je remarque, juste à mes pieds, la caisse remplie de tubes rouges. Il s'agit de fusées éclairantes comme en utilisent les marins. Je connais ça parce que, l'an dernier, Monsieur Castel, le père de Diane, m'a invité sur son voilier, en Bretagne.

Je me baisse vivement, ramasse une des fusées et la fourre dans ma poche. Ça peut servir. Ensuite, j'aperçois une grosse mobylette appuyée au mur. À première vue, elle semble en état de rouler. Je fonce vers l'engin, l'enfourche vivement, lâche les gaz et détale comme un Alien en furie. Je vire sur moi-même et accélère avec un bruit infernal. J'extirpe ma soucoupe volante, pardon, ma mob du hangar et je fonce droit devant moi !

Je me retrouve dans une rue sinistre, bordée d'autres hangars, de bâtiments de briques noircis par le temps, de terrains vagues et de casses

bourrées de carcasses de voitures qui rouillent là depuis l'époque de Guillaume le Conquérant.

Le char d'assaut des filles a disparu. Je me retrouve seul dans Londres avec deux fous furieux à mes trousses !

LOST IN LONDON

Je roule plusieurs minutes sans vraiment m'orienter. ***Right***, ***left***, droite, gauche, je ne sais plus où je suis… ***I'm on my own now, on my own...***

Pourtant, peu à peu, les immeubles deviennent plus propres, les rues plus larges, les façades moins sinistres. Je me rapproche des beaux quartiers.

Je m'arrête enfin entre un pub à la façade jaune et vert dont l'enseigne représente un ours et un sanglier ***(The Bear and Boar)*** et un magasin de soldes ***(Buy now! Today only! The best prices! Very cheap! The best shop in town!)*** et j'essaie de m'orienter. Pas facile !

Pour repartir chez les Liverpool, c'est l'horreur. Maud habite au ***7, Cloud Street*** mais il existe juste à côté le ***Cloud Square***, plus une ***Cloud Alley***, une ***Cloud Terrace***, une ***Cloud Promenade***, les ***Cloud Gardens***, la ***Cloud Walk*** et les ***Cloud Fields***…

Toutes ces rues (même si « ***gardens*** » veut dire jardins et « ***fields*** » champs) s'entrecroisent sur quelques pâtés de maisons, sous prétexte qu'un type nommé Finn Mc Cloud, un ancien pirate devenu très riche, si j'ai bien compris, a acheté tout le quartier avant de faire bâtir des kilos d'immeubles dans le coin il y a deux ou trois siècles. Ce genre de méli-mélo est courant à Londres. *By the way*, je crois que les Liverpool eux-mêmes descendent d'un marin, un aventurier du XIXe siècle.

Je lorgne le *Bear and Boar* avec envie. Je meurs de faim ! *I'm hungry!* J'avalerais bien un triple hamburger avec une belle tranche de bœuf *(a slice of beef)* coincée entre une rondelle d'ours et une côtelette de sanglier. J'hésite à poser ma mobylette contre un mur quand, soudain, j'entends un violent bruit de freins derrière moi. Je sursaute et me retourne : deux hommes, l'un brun, l'autre blond, déboulent d'une voiture garée à la hâte. Je ne reconnais pas leur visage mais ils foncent vers moi. À leur allure, je comprends qu'il s'agit de Scream et de Voldemort ! Ils ont retiré leurs masques mais semblent toujours aussi féroces.

M'attaquer dans la rue… Ils ne manquent pas de culot ! Comment m'ont-ils retrouvé ? Sans doute

à cause d'un dispositif antivol posé sur ma mobylette. J'aurais dû me méfier !

Je me blottis contre une cabine téléphonique d'un beau rouge vif et jette un regard nerveux autour de moi. Pas de policier en vue. Mais bon, il y a des tas de passants. Les deux cinglés ne me massacreront pas comme ça, sans autre forme de procès. Je ne suis quand même pas un des sangliers d'Obélix !

Scream le blond plonge sa main dans sa poche. Il va en sortir quoi ? Un revolver, un fusil, un bazooka ? Pas question d'attendre. Je l'imite machinalement et trouve quelque chose au fond de ma poche : la fusée éclairante !

C'est ma chance de salut ! Je brandis le tube dans la direction des deux hommes et je lâche le coup !

J'ai l'impression que le tube, soudain brûlant, m'explose dans la main. Un trait de feu écarlate jaillit, trace une courbe étincelante dans l'espace ; la fusée éclate entre les pieds de Scream. Il recule comme si je l'avais frappé, et Voldemort se fige sur place. Les passants ouvrent des yeux ronds et hurlent :

– *Fire!*

– *Watch out! That kid is crazy! He wants to burn the city down!*

– *Call the police! Quickly!*

Décidément, tout le monde veut appeler la police, dans cette histoire. Si les agents croient vraiment que je veux brûler la ville, il faudra que je parle drôlement bien anglais, français, grec et même chinois pour me sortir de là. Je vois d'ici le SMS que j'enverrai à mes parents quand le juge me condamnera à 204 années de prison :

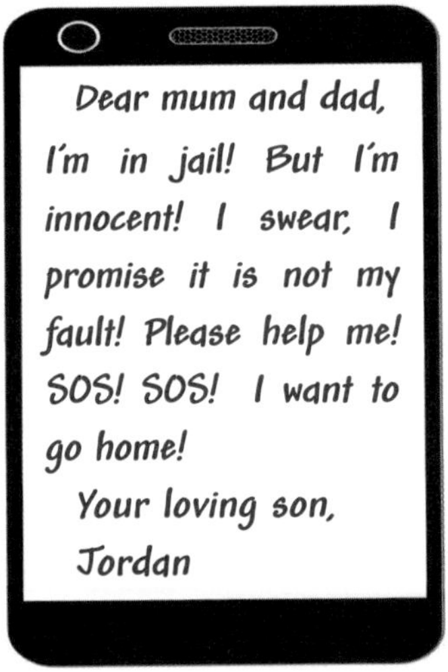

Le problème, c'est que je leur raconte à chaque fois exactement la même chose. Je jure, je promets que je suis innocent et que je n'ai rien fait après chaque bêtise. Seulement, lesdites bêtises sont plus monumentales qu'un mammouth à répétition…

THE EXPLANATION

The day after ; le jour d'après…

J'ai passé deux ou trois heures désagréables au poste de police, mais Monsieur Liverpool m'a gentiment tiré de là. Mon père m'aurait arraché les oreilles, mais les Anglais sont plus cool…

Le lendemain, donc, Diane, Maud et moi nous retrouvons dans la bibliothèque des Liverpool. Des milliers de volumes, de lourds meubles de bois, de profonds fauteuils de cuir, des tapis persans, de délicats vases de Chine aux bouquets éclatants… Pas de doute, Maud a de la chance. Les hautes fenêtres de la pièce (ça s'appelle des *French windows* !) donnent sur *Cloud Square*, ses arbres et ses oiseaux, au cœur de la ville.

L'inconnue de *Yesterday and Tomorrow* est là aussi. Elle s'appelle Lynn Roberts et c'est la fille de Bob Roberts, l'ancien chanteur.

– *How is your father?* demande Monsieur Liverpool, debout devant la grande cheminée.

Il me jette un coup d'œil et répète :

– Comment va ton père ?

– *Well, he is still in the hospital but he is getting better.*

– Il est toujours à l'hôpital mais il va mieux, traduit le père de Maud à mon intention.

J'ai tout compris !

– *You know*, continue Lynn Roberts, *it is all because of that record. A long time ago, my father was a close friend of one of The Beatles. He gave him a specially made record, a unique one, with an exclusive song. But those bad men learnt about the record and tried to steal it. They learnt that daddy was hiding it in the shop, so...*

Je n'ai rien compris !

Diane rigole et me chuchote à l'oreille :

– C'était à propos du disque. Il y a longtemps, son père était un ami proche d'un des Beatles. Il lui a offert un disque spécialement fabriqué pour lui, un disque unique avec une chanson unique. Il l'a gardé depuis cette époque. Il vaut une fortune ! Seulement, les deux bandits l'ont appris. Ils ont essayé de voler le disque. Ils savaient que son père cachait le disque parmi les autres, dans le magasin. Il refusait de le vendre !

Elle hausse les épaules :

– Nous sommes arrivés au mauvais endroit au mauvais moment.

– Et moi ? Comment m'avez-vous retrouvé ?

– Lorsque nous avons remarqué ta disparition, nous avons interrogé Lynn. Elle se doutait de l'identité des voleurs qui harcelaient son père depuis longtemps. Elle connaissait leur adresse. Il suffisait d'y aller. Nous n'avions pas le temps de prévenir la police.

– Et cette espèce de char d'assaut ? La camionnette, là ?

Diane rigole encore et m'explique :

– Ça, c'est l'idée de Maud. Son père connaît des tas de gens, y compris un ancien mercenaire qui tient un garage à deux rues de **Yesterday and Tomorrow**. On a foncé chez lui, emprunté la camionnette blindée et le fusil, et foncé. C'est Maud qui conduisait.

Maud ? Maud la pimbêche ? Elle a VOLÉ cet engin ? Et ma douce Diane l'a aidée ? Je les dévisage avec des yeux ronds. Les filles, c'est quand même quelque chose !

THE END

La police a arrêté Scream et Voldemort, mais elle ne les relâchera pas, eux. J'espère qu'ils casseront des cailloux dans un bagne genre Lucky Luke et les Dalton pendant plusieurs siècles.

Monsieur Liverpool me félicite. Je note discrètement ses phrases, histoire de les répéter à mes parents le moment venu :

– *You are a fine fellow, Jordan. Your parents should be proud of you. And some day, you will become a real journalist.*

Et il me serre la main ! Quand mes parents sauront qu'un type aussi important pense qu'ils doivent être fiers de moi, que je deviendrai un jour un vrai journaliste, ils penseront que…

Ils penseront sûrement que Monsieur Liverpool a bu trop de whisky !

Mais quand même... Diane me regarde en souriant, ça me fait chaud au cœur. Et puis… Maud sourit AUSSI. Cool !

Pour mon premier séjour à Londres, j'ai vécu une drôle d'aventure. Chez les Liverpool, je ne suis pas le fils du kiné, mais un jeune invité. *An honoured guest*, comme ils disent. Et si Monsieur Liverpool avait raison ? Si je devenais un jour un VRAI journaliste ? Je répète doucement :

– *Who? What? Where? When? Why?*

Journaliste ? Pourquoi pas ? J'ai peut-être trouvé ma vocation. *Maybe...*

Lexique

A

about
à propos de

actually
vraiment

to be **afraid**
avoir peur

alive
vivant, e

an **alley**
une ruelle

to be **alright**
aller bien

amazing
extraordinaire

and
et

to be in the **area**
se trouver dans le coin

to **ask** the questions
poser les questions

awake
réveillé, e

B

the **bad men**
les méchants

to **be**
être

a **bear**
un ours

because
parce que

to **become**
devenir

beef
bœuf (viande)

the **best**
le meilleur, la meilleure

Big Ben
surnom de la grande cloche se trouvant au sommet de la tour horloge du palais de Westminster

a **bit**
un peu

a **boar**
un sanglier

a **book**
un livre

a **bow window**
une fenêtre en saillie

a **boy**
un garçon

British
britannique

to **burn down**
incendier

but
mais

to **buy**
acheter

by the way
au fait

C

to **call**
appeler

to **calm down**
se calmer

can *(verbe modal)*
pouvoir

can't (= *cannot*)
ne pas pouvoir

a **champion**
un champion,
une championne

cheap
bon marché

a **city**
une ville

to **climb**
monter

close
proche

a **cloud**
un nuage

crazy
fou, folle

cute
mignon, mignonne

a **cutie**
un garçon mignon, une fille mignonne

D

a **dad(dy)**
un papa

the **day** after
le lendemain

some **day**
un jour

dead
mort, e

dear
cher, chère

E

to **eat** well
bien manger

eight
huit

eleven
onze

the **end**
la fin

England
l'Angleterre

English
anglais, e

to **escape**
s'évader

an **escape**
une évasion

eventually
finalement

exclusive
unique

an **explanation**
une explication

F

famous
réputé, e

a **father**
un père

a **fault**
une faute

a fine **fellow**
un gars bien

a **field**
un champ

five
cinq

a **flying saucer**
une soucoupe volante

for
pour

four
quatre

French
français, e

a **French window**
une porte-fenêtre

a **friend**
un ami, une amie

G

a **garden**
un jardin

gave
= prétérit de *to give*

to **get better**
aller mieux

to **get on well with**
bien s'entendre avec

a **girl**
une fille

to **give**
donner

let's **go** to
en route pour

to **go** home
rentrer à la maison

God
Dieu

great
grand, e

an honoured **guest**
un invité de marque

a **guy**
un gars

H

hair
les cheveux

to **happen** to be
se trouver par hasard

hello
bonjour

to **help**
aider

here
ici

to **hide**
cacher

in the **hospital**
à l'hôpital

how
comment

to be **hungry**
avoir faim

to **hurt** badly
faire très mal à

I

an **idiot**
un idiot, une idiote

to **improve**
améliorer

in
dans

innocent
innocent, e

into
dans

J

in **jail**
en prison

a **job**
un emploi

a **journalist**
un(e) journaliste

K

a **kid**
un gamin

to **kill**
tuer

a **king**
un roi

to **know**
savoir

L

a **laser gun**
un pistolet laser

to **learn**
apprendre

left
gauche

the **London Eye**
grande roue sur
les bords de la Tamise

to be **looking for**
chercher

lost
perdu, e

to **love**
aimer

love (en fin de lettre)
affectueusement,
bisous

M

made
prétérit de *to make* (faire)

maybe
peut-être

men
= pluriel de *man* (homme)

a **monster**
un monstre

more
plus de, de plus

a **mother**
une mère

to **move**
bouger

a **movie**
un film

Mr
M., Monsieur

Mrs
Mme, Madame

a **mum**
une maman

a **murderer**
un assassin

N

a **name**
un nom

nine
neuf

now
maintenant

a **number**
un nombre, un numéro

O

of course
bien sûr

one
un

only
seulement

or
ou

P

the **parents**
les parents

a **part**
une partie

perfect
parfait, e

a **phone**
un téléphone

please
s'il te/vous plaît

the **police**
la police

a **price**
un prix

a **problem**
un problème

a **promenade**
une promenade

to **promise**
promettre

proud
fier, fière

Q

a **question**
une question

quickly
vite

R

real
vrai, e

a **record**
un disque

right
droite

S

to **scream**
hurler

secret
secret, ète

to **see again**
revoir

seven
sept

to **shoot**
tirer

a **shop**
un magasin

six
six

a **slice**
une tranche

so
alors

a **son**
un fils

a **song**
une chanson

soon
bientôt

special
spécial, e

specially
spécialement

a **square**
une place, un square

to **steal**
voler

still
toujours, encore

a **street**
une rue

to be **sure**
être sûr, e

to **swear**
jurer

sweet
chéri, e

T

to **talk**
parler

the five o'clock **tea**
le thé de cinq heures

ten
dix

there
là

three
trois

a **thug**
un voyou

a long **time** ago
il y a longtemps

today
aujourd'hui

tomorrow
demain

too
aussi

a **town**
une ville

tried
= prétérit de *to try*

to be in **trouble**
avoir des ennuis

to **try**
essayer

twelve
douze

two
deux

U

unique
unique

to **use**
utiliser, se servir de

V

very
très

W

a **walk**
une allée

to **want**
vouloir

well
eh bien

what
quoi

when
quand

where
où

who
qui

why
pourquoi

the Big Bad **Wolf**
le grand méchant loup

the **world**
le monde

to **worry**
s'inquiéter

Y

yesterday
hier

Z

zero
zéro

Expressions à retenir

Back to the car! À la voiture !

Be quiet! Tais-toi !/Taisez-vous !

Don't play games with us!
N'essaie pas de jouer au plus fin avec nous !

Fire! Au feu !

Hands up! Haut les mains !

How do you do?
Comment allez-vous ?/Enchanté(e) !

How nice to see you again!
Quelle joie de te/vous revoir !

Just wait and see. On verra bien.

I can't believe my eyes. Je n'en crois pas mes yeux.

I'll = I will

I'm = I am

I'm fine. Je vais bien.

I'm on my own. Je suis tout seul.

Nice to meet you.
Ravi(e) de te/vous rencontrer./Enchanté(e).

Watch out! Attention !

What about these guys?

Qu'est-ce qu'on fait de ces gars ?

What's wrong with your friend?

Qu'est-ce qu'il a, ton ami ?

La collection MYSTERIES

Pour les lecteurs de CM/6e

Enquête à Londres, Paul Thiès

Mystère à Cloud Square, Paul Thiès

Pour les lecteurs de 5e/4e

Traque en Cornouailles, Paul Thiès

Les clandestins du Morning Star, Paul Thiès

PAPIER À BASE DE FIBRES CERTIFIÉES

HARRAP s'engage pour l'environnement en réduisant l'empreinte carbone de ses livres. Celle de cet exemplaire est de : 450 g éq. CO_2
Rendez-vous sur www.larousse-durable.fr

Achevé d'imprimer en Espagne par Unigraf
Dépôt légal : mai 2017
318986-03/11041184 – avril 2021